Gotthold Ephraim Lessing

Fabeln und Erzählungen

Gotthold Ephraim Lessing

Fabeln und Erzählungen

ISBN/EAN: 9783337352738

Hergestellt in Europa, USA, Kanada, Australien, Japan

Cover: Foto ©Andreas Hilbeck / pixelio.de

Weitere Bücher finden Sie auf **www.hansebooks.com**

Fabeln und Erzählungen

Gotthold Ephraim Lessing

Inhalt:

Das Geheimnis

Hans war zum Pater hingetreten,
Ihm seine Sünden vorzubeten.
Hans war noch jung, doch ohne Ruhm,

So jung er war, von Herzen dumm.
Der Pater hört ihn an. Hans beichtete nicht viel.
Was sollte Hans auch beichten?
Von Sünden wußt er nichts, und destomehr vom Spiel.
Spiel ist ein Mittelding, das braucht er nicht zu beichten.
"Nun, soll das alles sein?
Fällt", sprach der Pater, "dir sonst nichts zu beichten ein?"
"Ehrwürdger Herr, sonst nichts—"Sonst weißt du gar
nichts mehr?"
"Gar nichts, bei meiner Ehr!"
"Sonst weißt du nichts? das wäre schlecht!
So wenig Sünden? Hans besinn dich recht."
"Ach Herr, mit Seinem scharfen Fragen—
Ich wüßte wohl noch was."
"Nu? Nur heraus!—"Ja das,
Herr Pater, kann ich Ihm bei meiner Treu nicht sagen."
"So? weißt du etwa schon, worüber junge Dirnen,
Wenn man es ihnen tut, und ihnen nicht tut, zürnen?"
"Herr, ich versteh Euch nicht"—"Und desto besser; gut.
Du weißt doch nichts von Dieberei, von Blut?
Dein Vater hurt doch nicht?"—"O meine Mutter sprichts;
Doch das ist alles nichts."
"Nichts? Nu, was weißt du denn? Gesteh! du mußt es sagen!
Und ich versprech es dir,
Was du gestehest bleibt bei mir."
"Auf Sein Versprechen, Herr, mag es ein andrer wagen;
Daß ich kein Narre bin!
Er darfs, Ehrwürdger Herr, nur einem Jungen sagen,
So ist mein Glücke hin."
"Verstockter Bösewicht", fuhr ihn der Pater an,
"Weißt du, vor wem du stehst?—daß ich dich zwingen
kann?
Geh! dein Gewissen soll dich brennen!
Kein Heiliger dich kennen!
Dich kenn Maria nicht, auch nicht Mariens Sohn!"

Hier wär dem armen Bauerjungen
Vor Angst beinah das Herz zersprungen.
Er weint und sprach voll Reu: "Ich weiß"—"Das weiß ich schon,
Daß du was weißt; doch was?"—"Was sich nicht sagen läßt"—
"Noch zauderst du?"—"Ich weiß"—"Was denn?" "Ein Vogelnest.
Doch wo es ist, fragt nicht; ich fürchte drum zu kommen.
Vorm Jahre hat mir Matz wohl zehne weggenommen."
"Geh Narr, ein Vogelnest war nicht der Mühe wert,
Daß du es mir gesagt, und ichs von dir begehrt."

Ich kenn ein drolligt Volk,* mit mir kennt es die Welt,
Das schon seit manchen Jahren
Die Neugier auf der Folter hält,
Und dennoch kann sie nichts erfahren.
Hör auf, leichtgläubge Schar, sie forschend zu umschlingen!
Hör auf, mit Ernst in sie zu dringen!
Wer kein Geheimnis hat, kann leicht den Mund verschließen.
Das Gift der Plauderei ist, nichts zu plaudern wissen.
Und wissen sie auch was, so kann mein Märchen lehren,
Daß oft Geheimnisse uns nichts Geheimes lehren,
Und man zuletzt wohl spricht: War das der Mühe wert,
Daß ihr es mir gesagt, und ichs von euch begehrt?

* Die Freimäurer.

Das Kruzifix

"Hans", spricht der Pater, "du mußt laufen,
Uns in der nächsten Stadt ein Kruzifix zu kaufen.
Nimm Matzen mit, hier hast du Geld.

Du wirst wohl sehn, wie teuer man es hält."
Hans kömmt mit Matzen nach der Stadt.
Der erste Künstler war der beste.
"Herr, wenn Er Kruzifixe hat,
So laß Er uns doch eins zum heilgen Osterfeste."

Der Künstler war ein schalkscher Mann,
Der gern der Einfalt lachte,
Und Dumme gern noch dümmer machte,
Und fing im Scherz zu fragen an:
"Was wollt ihr denn für eines?"

"Je nun", spricht Matz, "ein wacker feines.
Wir werden sehn, was ihr uns gebt."

"Das glaub ich wohl, allein das frag ich nicht.
Ein totes, oder eins das lebt?"

Hans guckte Matzen und Matz Hansen ins Gesicht.
Sie öffneten das Maul, allein es redte nicht.
"Nun gebt mir doch Bericht.
Habt ihr den Pater nicht gefragt?"
"Mein Blut!" spricht endlich Hans, der aus dem Traum
erwachte,
"Mein Blut! er hat uns nichts gesagt.
Weißt du es, Matz?"—"Ich dachte;
Wenn dus nicht weißt; wie soll ichs wissen?"
"So werdet ihr den Weg noch einmal gehen müssen.
"Das wollen wir wohl bleiben lassen.
Ja, wenn es nicht zur Frone wär."

Sie denken lange hin und her,
Und wissen keinen Rat zu fassen.
Doch endlich fällt es Matzen ein:
"Je! Hans, sollts nicht am besten sein,
Wir kauften eins das lebt?—Denn sieh,

Ists ihm nicht recht, so machts ja wenig Müh,
Wärs auch ein Ochs, es tot zu schlagen."
"Nun ja", spricht Hans, "das wollt ich eben sagen:
So haben wir nicht viel zu wagen."

Das war ein Argument, ihr Herren Theologen,
Das Hans und Matz ex tuto zogen.

Das Muster der Ehen

Ein rares Beispiel will ich singen,
Wobei die Welt erstaunen wird.
Daß alle Ehen Zwietracht bringen,
Glaubt jeder, aber jeder irrt.
Ich sah das Muster aller Ehen,
Still, wie die stillste Sommernacht.
Oh! daß sie keiner möge sehen,
Der mich zum frechen Lügner macht!

Und gleichwohl war die Frau kein Engel,
Und der Gemahl kein Heiliger;
Es hatte jedes seine Mängel.
Denn niemand ist von allen leer.

Doch sollte mich ein Spötter fragen,
Wie diese Wunder möglich sind?
Der lasse sich zur Antwort sagen:
Der Mann war taub, die Frau war blind.

Der Adler und die Eule

Der Adler Jupiters und Pallas Eule stritten.

"Abscheulich Nachtgespenst!"—"Bescheidner, darf ich bitten.
Der Himmel heget mich und dich;
Was bist du also mehr, als ich?"
Der Adler sprach: Wahr ists, im Himmel sind wir beide;
Doch mit dem Unterscheide:
Ich kam durch eignen Flug,
Wohin dich deine Göttin trug.

Der Eremit

Im Walde nah bei einer Stadt,
Die man mir nicht genennet hat,
Ließ einst ein seltenes Gefieder,
Ein junger Eremit sich nieder.
"In einer Stadt", denkt Applikant,
"Die man ihm nicht genannt?
Was muß er wohl für eine meinen?
Beinahe sollte mir es scheinen,
Daß die,—nein die—gemeinet wär."
Kurz Applikant denkt hin und her,
Und schließt, noch eh er mich gelesen,
Es sei gewiß Berlin gewesen.

"Berlin? Ja, ja, das sieht man bald;
Denn bei Berlin ist ja ein Wald.—

Der Schluß ist stark, bei meiner Ehre:
Ich dachte nicht, daß es so deutlich wäre.
Der Wald paßt herrlich auf Berlin,
Ohn ihn beim Haar herbeizuziehn.
Und ob das Übrige wird passen,
Will ich dem Leser überlassen.
Auf Griechisch weiß ich, wie sie hieß;
Doch wer verstehts? Kerapolis.

Hier, nahe bei Kerapolis,
Wars, wo ein junger Eremite,
In einer kleinen leeren Hütte,
Im dicksten Wald sich niederließ.
Was je ein Eremit getan,
Fing er mit größtem Eifer an.
Er betete, er sang, er schrie,
Des Tags, des Nachts, und spät und früh.
Er aß kein Fleisch, er trank nicht Wein,
Ließ Wurzeln seine Nahrung sein,
Und seinen Trank das helle Wasser;
Bei allem Appetit kein Prasser.
Er geißelte sich bis aufs Blut,
Und wußte wie das Wachen tut.
Er fastete wohl ganze Tage,
Und blieb auf einem Fuße stehn;
Und machte sich rechtschaffne Plage,
In Himmel mühsam einzugehn.
Was Wunder also, daß gar bald
Vom jungen Heiligen im Wald
Der Ruf bis in die Stadt erschallt?

Die erste, die aus dieser Stadt
Zu ihm die heilge Wallfahrt tat,
War ein betagtes Weib.
Auf Krücken, zitternd, kam sie an,
Und fand den wilden Gottesmann,
Der sie von weitem kommen sahe,
Dem hölzern Kreuze knieend nahe.
Je näher sie ihm kömmt, je mehr
Schlägt er die Brust, und weint, und winselt er,
Und wie es sich für einen Heilgen schicket,
Erblickt sie nicht, ob er sie gleich erblicket.
Bis er zuletzt vom Knieen matt,
Und heiliger Verstellung satt,

Vom Fasten, Kreuzgen, Klosterleben,
Marienbildern, Opfergeben,
Von Beichte, Salbung, Seelenmessen,
Ohn das Vermächtnis zu vergessen,
Von Rosenkränzen mit ihr redte,
Und das so oratorisch sagt,
Daß sie erbärmlich weint und klagt,
Als ob er sie geprügelt hätte.
Zum Schluß bricht sie von seiner Hütte,
Wozu der saure Eremite
Mit Not ihr die Erlaubnis gab,
Sich einen heilgen Splitter ab,
Den sie beküsset und belecket,
Und in den welken Busen stecket.
Mit diesem Schatz von Heiligkeit
Kehrt sie zurück begnadigt und erfreut,
Und läßt daheim die frömmsten Frauen
Ihn küssen, andre nur beschauen.
Sie ging zugleich von Haus zu Haus,
Und rief auf allen Gassen aus:
"Der ist verloren und verflucht,
Der unsern Eremiten nicht besucht!"
Und brachte hundert Gründe bei,
Warum es sonderlich den Weibern nützlich sei.

Ein altes Weib kann Eindruck machen;
Zum Weinen bei der Frau, und bei dem Mann zum Lachen.
Zwar ist der Satz nicht allgemein;
Auch Männer können Weiber sein.
Doch diesmal waren sie es nicht.
Die Weiber schienen nur erpicht,
Den teuern Waldseraph zu sehen.
Die Männer aber?—wehrtens nicht,
Und ließen ihre Weiber gehen.
Die Häßlichen und Schönen,

Die ältesten und jüngsten Frauen,
Das arme wie das reiche Weib, —
Kurz jede ging, sich zu erbauen,
Und jede fand erwünschten Zeitvertreib.

"Was? Zeitvertreib, wo man erbauen will?
Was soll der Widerspruch bedeuten?"
Ein Widerspruch? Das wäre viel!
"Er sprach ja sonst von lauter Seligkeiten!" —
Oh! davon sprach er noch, nur mit dem Unterscheide:
Mit Alten sprach er stets von Tod und Eitelkeit,
Mit Armen von des Himmels Freude,
Mit Häßlichen von Ehrbarkeit,
Nur mit den Schönen allezeit
Vom ersten jeder Christentriebe.
Was ist das? Wer mich fragt, kann der ein Christ wohl sein?
Denn jeder Christ kömmt damit überein,
Es sei die liebe Liebe.

Der Eremit war jung; das hab ich schon gesagt.
Doch schön? Wer nach der Schönheit fragt,
Der mag ihn hier besehn.
Genug, den Weibern war er schön.
Ein starker, frischer, junger Kerl,
Nicht dicke wie ein Faß, nicht hager wie ein Querl —
"Nun, nun, aus seiner Kost ist jenes leicht zu schließen."
Doch sollte man auch wissen,
Daß Gott dem, den er liebt,
Zu Steinen wohl Gedeihen gibt;
Und das ist doch kein fett Gerichte!
Ein bräunlich männliches Gesichte,
Nicht allzu klein, nicht allzu groß,
Das sich im dichten Barte schloß;
Die Blicke wild, doch sonder Anmut nicht;
Die Nase lang, wie man die Kaisernasen dichtt.

Das ungebundne Haar floß straubicht um das Haupt;
Und wesentliche Schönheitsstücke
Hat der zerrißne Rock dem Blicke
Nicht ganz entdeckt, nicht ganz geraubt.
Der Waden nur noch zu gedenken:
Sie waren groß, und hart wie Stein.
Das sollen, wie man sagt, nicht schlimme Zeichen sein;
Allein den Grund wird man mir schenken.

Nun wahrlich, so ein Kerl kann Weiber lüstern machen.
Ich sag es nicht für mich; es sind geschehne Sachen.
"Geschehne Sachen? was?
So ist man gar zur Tat gekommen?"
Mein lieber Simplex, fragt sich das?
Weswegen hätt er denn die Predigt unternommen?
Die süße Lehre süßer Triebe?
Die Liebe heischet Gegenliebe,
Und wer ihr Priester ist, verdienet keinen Haß.

O Andacht, mußt du doch so manche Sünde decken!
Zwar die Moral ist hier zu scharf,
Weil mancher Mensch sich nicht bespiegeln darf,
Aus Furcht, er möchte vor sich selbst erschrecken.
Drum will ich nur mit meinen Lehren
Ganz still nach Hause wieder kehren.
Kömmt mir einmal der Einfall ein,
Und ein Verleger will für mich so gnädig sein,
Mich in groß Quart in Druck zu nehmen;
So könnt ich mich vielleicht bequemen,
Mit hundert englischen Moralen,
Die ich im Laden sah, zu prahlen,
Exempelschätze, Sittenrichter,
Die alten und die neuen Dichter
Mit witzgen Fingern nachzuschlagen,
Und was die sagen, und nicht sagen,

In einer Note abzuschreiben.
Bringt, sag ich noch einmal, man mich gedruckt an Tag;
Denn in der Handschrift laß ichs bleiben,
Weil ich mich nicht belügen mag.

Ich fahr in der Erzählung fort—
Doch möcht ich in der Tat gestehn,
Ich hätte manchmal mögen sehn,
Was die und die, die an den Wallfahrtsort
Mit heiligen Gedanken kam,
Für fremde Mienen an sich nahm,
Wenn der verwegne Eremit,
Fein listig, Schritt vor Schritt,
Vom Geist aufs Fleisch zu reden kam.
Ich zweifle nicht, daß die verletzte Scham
Den Zorn nicht ins Gesicht getrieben,
Daß Mund und Hand nicht in Bewegung kam,
Weil beide die Bewegung lieben;
Allein, daß die Versöhnung ausgeblieben,
Glaub ich, und wer die Weiber kennt,
Nicht eher, als kein Stroh mehr brennt.
Denn wird doch wohl ein Löwe zahm.
Und eine Frau ist ohnedem ein Lamm.
"Ein Lamm? du magst die Weiber kennen."
Je nun, man kann sie doch insoweit Lämmer nennen,
Als sie von selbst ins Feuer rennen.

"Fährst du in der Erzählung fort?
Und bleibst mit deinem Kritisieren
Doch ewig an demselben Ort?"
So kann das Nützliche den Dichter auch verführen.
Nun gut, ich fahre fort,
Und sag, um wirklich fortzufahren,
Daß nach fünf Vierteljahren
Die Schelmereien ruchbar waren.

"Erst nach fünf Vierteljahren? Nu;
Der Eremit hat wacker ausgehalten.
So viel trau ich mir doch nicht zu;
Ich möchte nicht sein Amt ein Vierteljahr verwalten.
Allein, wie ward es ewig kund?
Hat es ein schlauer Mann erfahren?
Verriet es einer Frau waschhafter Mund?
Wie? oder daß den Hochverrat
Ein alt neugierig Weib, aus Neid, begangen hat?"
O nein; hier muß man besser raten,
Zwei muntre Mädchen hatten schuld,
Die voller frommen Ungeduld
Das taten, was die Mütter taten;
Und dennoch wollten sich die Mütter nicht bequemen,
Die guten Kinder mitzunehmen.
"Sie merkten also wohl den Braten?"—
Und haben ihn gar dem Papa verraten.
"Die Töchter sagtens dem Papa?
Wo blieb die Liebe zur Mama?"
Oh! die kann nichts darunter leiden;
Denn wenn ein Mädchen auch die Mutter liebt,
Daß es der Mutter in der Not
Den letzten Bissen Brot
Aus seinem Munde gibt;
So kann das Mädchen doch die Mutter hier beneiden,
Hier, wo so Lieb als Klugheit spricht:
Ihr Schönen, trotz der Kinderpflicht,
Vergeßt euch selber nicht!
Kurz, durch die Mädchen kams ans Licht,
Daß er, der Eremit, beinah die ganze Stadt
Zu Schwägern oder Kindern hat.

Oh! der verfluchte Schelm! Wer hätte das gedacht!
Die ganze Stadt ward aufgebracht,
Und jeder Ehmann schwur, daß in der ersten Nacht,

Er und sein Mitgenoß der Hain,
Des Feuers Beute müsse sein.
Schon rotteten sich ganze Scharen,
Die zu der Rache fertig waren.
Doch ein hochweiser Magistrat
Besetzt das Tor, und sperrt die Stadt,
Der Eigenrache vorzukommen,
Und schicket alsobald
Die Schergen in den Wald,
Die ihn vom Kreuze weg, und in Verhaft genommen.
Man redte schon von Galgen und von Rad,
So sehr schien sein Verbrechen häßlich;
Und keine Strafe war so gräßlich,
Die, wie man sagt, er nicht verdienet hat.
Und nur ein Hagestolz, ein schlauer Advokat,
Sprach: "Oh! dem kömmt man nicht ans Leben,
Der es Unzähligen zu geben,
So rühmlich sich beflissen hat."

Der Eremite, der die Nacht
Im Kerker ungewiß und sorgend durchgemacht,
Ward morgen ins Verhör gebracht.
Der Richter war ein schalkscher Mann,
Der jeden mit Vergnügen schraubte,
Und doch—(wie man sich irren kann!)
Von seiner Frau das beste glaubte.
"Sie ist ein Ausbund aller Frommen,
Und nur einmal in Wald gekommen,
Den Pater Eremit zu sehn.
Einmal! Was kann da viel geschehn?"
So denkt der gütige Herr Richter.
Denk immer so, zu deiner Ruh,
Lacht gleich die Wahrheit und der Dichter,
Und deine fromme Frau dazu.

Nun tritt der Eremit vor ihn.
"Mein Freund, wollt Ihr von selbst die nennen,
Die—die Ihr kennt, und die Euch kennen:
So könnt Ihr der Tortur entfliehn.
Doch"—"Darum laß ich mich nicht plagen.
Ich will sie alle sagen.
Herr Richter, schreib Er nur!" Und wie?
Der Eremit entdecket sie?
Ein Eremite kann nicht schweigen?
Sonst ist das Plaudern nur den Stutzern eigen.
Der Richter schrieb. "Die erste war
Kamilla"—"Wer? Kamilla?" "Ja fürwahr!
Die andern sind: Sophia, Laura, Doris,
Angelika, Korinna, Chloris"—
"Der Henker mag sie alle fassen,
Gemach! und eine nach der andern fein!
Denn eine nur vorbei zu lassen"—
"Wird wohl kein großer Schade sein",
Fiel jeder Ratsherr ihm ins Wort.
"Hört", schrieen sie, "erzählt nur fort!"
Weil jeder Ratsherr in Gefahr,
Sein eigen Weib zu hören war.
"Ihr Herren", schrie der Richter, "nein!
Die Wahrheit muß am Tage sein;
Was können wir sonst für ein Urteil fassen?"
"Ihn", schrieen alle, "gehn zu lassen."
"Nein, die Gerechtigkeit"—und kurz der Delinquent
Hat jede noch einmal genennt,
Und jeder hing der Richter dann
Ein loses Wort für ihren Hahnrei an.
Das Hundert war schon mehr als voll;
Der Eremit, der mehr gestehen soll,
Stockt, weigert sich, scheut sich zu sprechen—
"Nu, nu, nur fort! was zwingt Euch wohl,
So unvermutet abzubrechen?"

"Das sind sie alle!" "Seid Ihr toll?
Ein Held wie Ihr! Gestehet nur, gesteht!
Die letzten waren, wie Ihr seht:
Klara, Pulcheria, Susanne,
Charlotte, Mariane, Hanne.
Denkt nach! ich laß Euch Zeit dazu!"
"Das sind sie wirklich alle!" "Nu —
Macht, eh wir schärfer in Euch dringen!"
"Nein keine mehr; ich weiß genau_ —
"Ha! ha! ich seh, man soll Euch zwingen" —
"Nun gut, Herr Richter, — Seine Frau" —

*

Daß man von der Erzählung nicht
Als einem Weibermärchen spricht,
So mach ich sie zum Lehrgedicht,
Durch beigefügten Unterricht:
Wer seines Nächsten Schande sucht,
Wird selber seine Schande finden!
Nicht wahr, so liest man mich mit Frucht?
Und ich erzähle sonder Sünden?

Der Hirsch und der Fuchs

"Hirsch, wahrlich, das begreif ich nicht",
Hört ich den Fuchs zum Hirsche sagen,
"Wie dir der Mut so sehr gebricht?
Der kleinste Windhund kann dich jagen.
Besieh dich doch, wie groß du bist!
Und sollt es dir an Stärke fehlen?
Den größten Hund, so stark er ist,
Kann dein Geweih mit einem Stoß entseelen.
Uns Füchsen muß man wohl die Schwachheit übersehn;

Wir sind zu schwach zum widerstehn.
Doch daß ein Hirsch nicht weichen muß,
Ist sonnenklar. Hör meinen Schluß.
Ist jemand stärker, als sein Feind,
Der braucht sich nicht vor ihm zurückzuziehen;
Du bist den Hunden nun weit überlegen, Freund:
Und folglich darfst du niemals fliehen."
"Gewiß, ich hab es nie so reiflich überlegt.
Von nun an", sprach der Hirsch, "sieht man mich unbewegt,
Wenn Hund' und Jäger auf mich fallen;
Nun widersteh ich allen."

Zum Unglück, daß Dianens Schar
So nah mit ihren Hunden war.
Sie bellen, und sobald der Wald
Von ihrem Bellen widerschallt,
Fliehn schnell der schwache Fuchs und starke Hirsch
davon.

* Natur tut allzeit mehr, als Demonstration.

Der Löwe und die Mücke

Ein junger Held vom muntern Heere,
Das nur der Sonnenschein belebt,
Und das mit saugendem Gewehre
Nach Ruhm gestochner Beulen strebt,
Doch die man noch zum großen Glücke
Durch zwei Paar Strümpfe hindern kann,
Der junge Held war eine Mücke.
Hört meines Helden Taten an!
Auf ihren Kreuz- und Ritterzügen
Fand sie, entfernt von ihrer Schar,
Im Schlummer einen Löwen liegen,

Der von der Jagd entkräftet war.
Seht, Schwestern, dort den Löwen schlafen,
Schrie sie die Schwestern gaukelnd an.
Jetzt will ich hin, und will ihn strafen.
Er soll mir bluten, der Tyrann!

Sie eilt, und mit verwegnem Sprunge
Setzt sie sich auf des Königs Schwanz.
Sie sticht, und flieht mit schnellem Schwunge,
Stolz auf den sauern Lorbeerkranz.
Der Löwe will sich nicht bewegen?
Wie? ist er tot? Das heiß ich Wut!
Zu mördrisch war der Mücke Degen:
Doch sagt, ob er nicht Wunder tut?

"Ich bin es, die den Wald befreiet,
Wo seine Mordsucht sonst getobt.
Seht, Schwestern, den der Tiger scheuet,
Der stirbt! Mein Stachel sei gelobt!"
Die Schwestern jauchzen, voll Vergnügen,
Um ihre laute Siegerin.
Wie? Löwen, Löwen zu besiegen!
Wie, Schwester, kam dir das in Sinn?

"Ja, Schwestern, wagen muß man! wagen!
Ich hätt es selber nicht gedacht.
Auf! lasset uns mehr Feinde schlagen.
Der Anfang ist zu schön gemacht."
Doch unter diesen Siegesliedern,
Da jede von Triumphen sprach,
Erwacht der matte Löwe wieder,
Und eilt erquickt dem Raube nach.

Der Sperling und die Feldmaus

Zur Feldmaus sprach ein Spatz: Sieh dort den Adler sitzen!
Sieh, weil du ihn noch siehst! er wiegt den Körper schon;
Bereit zum kühnen Flug, bekannt mit Sonn und Blitzen,
Zielt er nach Jovis Thron.
Doch wette, — seh ich schon nicht adlermäßig aus —
Ich flieg ihm gleich. — Fleug, Prahler, rief die Maus.
Indes flog jener auf, kühn auf geprüfte Schwingen;
Und dieser wagts, ihm nachzudringen.
Doch kaum, daß ihr ungleicher Flug
Sie beide bis zur Höh gemeiner Bäume trug,
Als beide sich dem Blick der blöden Maus entzogen,
Und beide, wie sie schloß, gleich unermeßlich flogen.

*

Ein unbiegsamer F* will kühn wie Milton singen.
Nach dem er Richter wählt, nach dem wirds ihm gelingen.

Der Tanzbär

Ein Tanzbär war der Kett entrissen,
Kam wieder in den Wald zurück,
Und tanzte seiner Schar ein Meisterstück
Auf den gewohnten Hinterfüßen.
"Seht", schrie er, "das ist Kunst; das lernt man in der Welt.
Tut mir es nach, wenns euch gefällt,
Und wenn ihr könnt!" "Geh", brummt ein alter Bär,
"Dergleichen Kunst, sie sei so schwer,
Sie sei so rar sie sei!
Zeigt deinen niedern Geist und deine Sklaverei."

*

Ein großer Hofmann sein,
Ein Mann, dem Schmeichelei und List
Statt Witz und Tugend ist;

Der durch Kabalen steigt, des Fürsten Gunst erstiehlt,
Mit Wort und Schwur als Komplimenten spielt,
Ein solcher Mann, ein großer Hofmann sein,
Schließt das Lob oder Tadel ein?

Der über uns

Hans Steffen stieg bei Dämmerung (und kaum
Konnt er vor Näschigkeit die Dämmerung erwarten)
In seines Edelmannes Garten
Und plünderte den besten Äpfelbaum.
Johann und Hanne konnten kaum
Vor Liebesglut die Dämmerung erwarten,
Und schlichen sich in eben diesen Garten,
Von ungefähr an eben diesen Äpfelbaum.

Hans Steffen, der im Winkel oben saß
Und fleißig brach und aß,
Ward mäuschenstill, vor Wartung böser Dinge,
Daß seine Näscherei ihm diesmal schlecht gelinge.
Doch bald vernahm er unten Dinge,
Worüber er der Furcht vergaß
Und immer sachte weiter aß.

Johann warf Hannen in das Gras.
"O pfui," rief Hanne; "welcher Spaß!
Nicht doch, Johann!—Ei was?
Oh, schäme dich!—Ein andermal—o laß—
Oh, schäme dich!—Hier ist es naß."—
"Naß, oder nicht; was schadet das?
Es ist ja reines Gras."—

Wie dies Gespräche weiter lief,
Das weiß ich nicht. Wer brauchts zu wissen?

Sie stunden wieder auf und Hanne seufzte tief:
"So, schöner Herr! heißt das bloß küssen?
Das Männerherz! Kein einzger hat Gewissen!
Sie könnten es uns so versüßen!
Wie grausam aber müssen
Wir armen Mädchen öfters dafür büßen!
Wenn nun auch mir ein Unglück widerfährt—
Ein Kind—ich zittre—wer ernährt
Mir dann das Kind? Kannst du es mir ernähren?"
"Ich?" sprach Johann; "die Zeit mags lehren.
Doch wirds auch nicht von mir ernährt,
Der über uns wirds schon ernähren,
Dem über uns vertrau!"

Dem über uns! Dies hörte Steffen.
Was, dacht er, will das Pack mich äffen?
Der über ihnen? Ei, wie schlau!
"Nein!" schrie er: "laßt euch andre Hoffnung laben!
Der über euch ist nicht so toll!
Wenn ich ein Bankbein nähren soll:
So will ich es auch selbst gedrechselt haben!"

Wer hier erschrak und aus dem Garten rann,
Das waren Hanne und Johann.
Doch gaben bei dem Edelmann
Sie auch den Äpfeldieb wohl an?
Ich glaube nicht, daß sies getan.

Der Wunsch zu sterben
Eine Erzählung.

Ein durch die Jagd ergrimmter Bär
Latscht hinter einen Wandrer her.

Aus Rache will er ihn zerreißen.
(Das mag dem Wandrer wohl ein unverdientes Unglück
heißen.)
Aus Rache, dummes Tier? wird mancher Leser sprechen,
Kannst du dich nicht an deinen Jägern rächen?
O schimpft mir nicht das gute Vieh:
Es folgt den Trieben nur; Vernunft regiert es nie.
Es hat ja unter uns—was sagt ich? nein—bei Hunden
Gewiß nicht wenige von gleicher Art gefunden.
Geschwinde! Wanderer, geschwind und rette dich.
Er läuft, der Bär läuft nach. Er schreit, will sich verstecken,
Der Bär nicht faul, sucht ihn, bricht brummend durch die
Hecken,
Und jagt ihn wieder vor. Der ändert oft den Lauf;
Bald rechts, bald vor, bald links. Doch alle diese Ränke
Sind hier umsonst. Warum? Der Bär hat auch Gelenke.
Gewiß so eine Jagd wär mir nicht lächerlich!
Jedoch zu was wird sich der Wandrer nun entschließen?
Er springt den nächsten Baum hinauf.
Oh! das wird niemand wohl das beste Mittel nennen.
Er mußte doch in aller Angst nicht wissen,
Daß Bäre gleichfalls klettern können.
Das tolle Tier erblickt es kaum,
So stutzt es, brummt und kratzt den Baum,
Es bäumt den schweren Leib, es setzt die Vordertatzen
An Rind und Ästen ein, so schnell, als scheue Katzen.
So langsam Gegenteils hebt es des Körpers Wucht;
Doch kömmt es schon so hoch, daß der den Gipfel sucht.
Was gibt uns oft die Angst nicht ein?
Der Wandrer sucht des Feindes los zu sein.
Er stößt, und stößt den Fuß mit voller Leibesstärke
Dem Bäre vor den Kopf. Doch große Wunderwerke
Tat dieses Stößchen nicht. Wie kann es anders sein?
Wer Bäre töten will, braucht der den Fuß allein?
Er taumelt nur, anstatt zu fallen,

Und fasset schnell mit seinen Krallen
Des Wandrers Fuß, der nach ihm stieß.
Er hält ihn, wie ein Bär. Durch Zerren und durch Beißen
Sucht er den Raub herabzureißen.
Jedoch je mehr er riß, je mehr hält jener sich
An Ästen fest und ritterlich.
Wenn Witz und Tapferkeit uns nicht erretten kann,
Beut oft das blinde Glück uns seine Rettung an.
Der wütend plumpe Bär
Ist für den dünnen Ast zu schwer;
Der bricht, und er fällt schütternd schnell zu Boden.
Der Fall bringt ihn fast um den Oden,
Und keuchend schleicht er zornig fort.
Von Schrecken, Furcht und Schmerzen eingenommen,
Sieht kaum der Wanderer, daß er der Not entkommen.
Nun lobt er wohl, durch jedes Wort,
Mit zärtlich dankbarem Gemüte
Des Himmels unverhoffte Güte?
O weit gefehlet! nein! mit zitternd schwacher Sprache
Flucht, lästert, schreiet er selbst wider GOtt um Rache.
Er kriecht vom Baum herab und läßt sich murrend nieder.
Sein nasses Auge sieht das Blut der wunden Glieder.
Der Schmerz verführet ihn, daß er den Tod begehrt,
Den Tod, vor dem er sich mit Fliehn und Schrein gewehrt.
Bald flucht er auf den Bär, der ihn nicht ganz zerrissen;
Bald flucht er auf sich selbst, daß er sich retten müssen.
"O näh're dich, erwünschter Tod!
Benimm mir Leben Schmerz und Not!
Entführ mir dieser Wunsch doch mit dem letzten Hauche!"
St! St! was raschelt dort, dort hinter jenem Strauche?
Beglückter Wanderer! dein Wunsch ist schon erhört.
Es kömmt ein neuer Bär, der dich im Klagen stört.
Ein Bär? Erschrick nur nicht! Ein Bär.
Ohn Zweifel schickt der Tod ihn her.
Der Tod? Ja! ja, der Tod den du gewünschet hast,

Gewünschet und erfleht. "Das ist ein schlimmer Gast.
Der Henker! weiß er denn gar nichts von Komplimenten?
Wenn meine Beine doch mich nur erretten könnten!"
Mit Mühe sucht er aufzustehn;
Doch kann er nicht vom Flecke gehn.
Hier kam ihm schnell ein ander Mittel ein,
Das ihm vorher nicht eingekommen.
Er hatt es einst (zehn Jahre mocht es sein)
Von einem Reisenden vernommen;
Und hatt es nie, nur in der Not, vergessen,
Daß Bäre selten Tote fressen.
Sein Einfall wirft ihn hurtig nieder;
Die schon vor Schrecken kalten Glieder
Streckt er starr von sich weg, so sehr er immer kann,
Und hält den Oden mühsam an.
Der Bär beschnopert ihn, findt keines Lebens Spur,
Mag sich an Toten nicht begnügen,
Kehrt sittsam um, und brummet nur,
Und läßt den Schalk in Ruhe liegen.
Was ist bei dir ein Wunsch? Mein Freund, laß michs
verstehen.
Du wünschst den Tod: er kömmt; du suchst ihm zu
entgehen.
Steh auf! der Bär ist fort. Was fluchst du ihm noch nach?
Zum Danke, daß er dir nicht Hals und Beine brach?
Was soll die Lästerung? Verringert sie die Schmerzen?
Noch wünschest du den Tod? Das geht dir wohl von
Herzen?
Nur schade, daß er dich vorhin so spotten sah:
Sonst wär er wahrlich längst auf dein Ersuchen da.
Der schwüle Tag vergeht; der Abend bricht herein.
O könnt er, in geborstnen Feldern,
Wie durch die Hitze matten Wäldern,
Mein Wandrer, ebenfalls dir zur Erquickung sein!
Man sieht die Luft, sich abzukühlen,

Mit stummen Blitzen häufig spielen.
"Oh!" schreit der Wanderer, "zög sich ein Wetter auf!
O hemmten Blitz und Schlag mir Pein und Lebenslauf!"
Schnell zeigt der Donnergott dem Wunsche sich gewogen.
Des ganzen Himmels weite Ferne
Verdeckt viel Dunst; die hellsten Sterne
Sind schwarz mit Wolken überzogen,
Schnell fährt der Blitz heraus, kracht hier und dort ein
Schlag.
Auf, Wandrer, freue dich! das ist dein Sterbetag!
Nun wird der Tod auf Donnerkeilen
Zu dir verlaßnem Armen eilen.
Was scherzst du noch voll Furcht?—Ihr Freunde, gebt doch
acht;
Doch bitt ich, zwänget euch, daß ihr nicht drüber lacht...
"Ja! das ist Pein—o stürb ich doch!—
Komm Tod! komm doch—du zauderst noch?
Jedoch hier mag ich wohl nicht allzusicher liegen?
Ich habe ja einmal gehört,
Wie die Erfahrung oft gelehrt,
Daß Donner gern in Eichen schlügen.
O machte mir ein Lorbeerbaum
Doch unter seinen Ästen Raum.
O weh! wie schmerzt das Bein! Erbarm dich doch o Tod!
Jedoch dort schlug es ein—Nun ists die höchste Not,
Soll mich das Wetter nicht verletzen,
Mich schnell in Sicherheit zu setzen!"
Geh! dummer Wandrer, geh! such einen sichern Ort;
Und wünsche bald den Tod; bald wünsch ihn wieder fort.
Mich soll dein Wankelmut der Menschen Zagheit lehren,
Muß ich sie so, wie dich, verwegen wünschen hören.
Glaubt, Freunde, glaubet mir! der ist ein weiser Mann,
Der zwar das Leben liebt, doch mutig sterben kann!

L. a. C.

Die Bäre

Den Bären glückt' es, nun schon seit geraumer Zeit,
Mit Brummen, plumpem Ernst und stolzer Frömmigkeit,
Das Sittenrichteramt, bei allen schwächern Tieren,
Aus angemaßter Macht, gleich Wütrichen, zu führen.
Ein jedes furchte sich, und keines war so kühn,
Sich um die saure Pflicht nebst ihnen zu bemühn;
Bis endlich noch im Fuchs der Patriot erwachte,
Und hier und da ein Fuchs auf Sittensprüche dachte.
Nun sah man beide stets auf gleiche Zwecke sehn;
Und beide sah man doch verschiedne Wege gehn.
Die Bäre wollen nur durch Strenge heilig machen;
Die Füchse strafen auch, doch strafen sie mit Lachen.
Dort brauchet man nur Fluch; hier brauchet man nur
Scherz;
Dort bessert man den Schein; hier bessert man das Herz.
Dort sieht man Düsternheit; hier sieht man Licht und
Leben;
Dort nach der Heuchelei; hier nach der Tugend streben.
Du, der du weiter denkst, fragst du mich nicht geschwind:
Ob beide Teile wohl auch gute Freunde sind?
O wären sies! Welch Glück für Tugend, Witz und Sitten!
Doch nein, der arme Fuchs wird von dem Bär bestritten,
Und, trotz des guten Zwecks, von ihm in Bann getan.
Warum? der Fuchs greift selbst die Bäre tadelnd an.

*

Ich kann mich diesmal nicht bei der Moral verweilen;
Die fünfte Stunde schlägt; ich muß zum Schauplatz eilen.
Freund, leg die Predigt weg! Willst du nicht mit mir gehn?
Was spielt man? Den Tartüff. Dies Schandstück sollt ich
sehn?

Die Brille

Dem alten Freiherrn von Chrysant,
Wagts Amor, einen Streich zu spielen.
Für einen Hagestolz bekannt,
Fing, um die Sechzig, er sich wieder an zu fühlen.
Es flatterte, von Alt und Jung begafft,
Mit Reizen ganz besondrer Kraft,
Ein Bürgermädchen in der Nachbarschaft.
Dies Bürgermädchen hieß Finette.
Finette ward des Freiherrn Siegerin.
Ihr Bild stand mit ihm auf, und ging mit ihm zu Bette.
Da dacht in seinem Sinn
Der Freiherr: "Und warum denn nur ihr Bild?
Ihr Bild, das zwar den Kopf, doch nicht die Arme füllt?
Sie selbst steh mit mir auf, und geh mit mir zu Bette.
Sie werde meine Frau! Es schelte, wer da schilt;
Genädge Tant und Nicht und Schwägerin!
Finett ist meine Frau, und—ihre Dienerin."

Schon so gewiß? Man wird es hören.
Der Freiherr kömmt, sich zu erklären,
Er greift das Mädchen bei der Hand,
Tut, wie ein Freiherr, ganz bekannt,
Und spricht: "Ich, Freiherr von Chrysant,
Ich habe Sie, mein Kind, zu meiner Frau ersehen.
Sie wird sich hoffentlich nicht selbst im Lichte stehen.
Ich habe Guts die Hüll und Fülle."
Und hierauf las er ihr, durch eine große Brille,
Von einem großen Zettel ab,
Wie viel ihm Gott an Gütern gab;
Wie reich er sie beschenken wolle;
Welch großen Witwenschatz sie einmal haben solle.
Dies alles las der reiche Mann
Ihr von dem Zettel ab, und guckte durch die Brille

Bei jedem Punkte sie begierig an.

"Nun, Kind, was ist Ihr Wille?"
Mit diesen Worten schwieg der Freiherr stille,
Und nahm mit diesen Worten seine Brille
(Denn, dacht er, wird das Mädchen nun
So wie ein kluges Mädchen tun;
Wird mich und sie ihr schnelles Ja beglücken;
Werd ich den ersten Kuß auf ihre Lippen drücken:
So könnt ich, im Entzücken,
Die teure Brille leicht zerknicken!)
Die teure Brille wohlbedächtig ab.

Finette, der dies Zeit sich zu bedenken gab,
Bedachte sich, und sprach nach reiflichem Bedenken:
"Sie sprechen, gnädger Herr, vom Freien und vom
Schenken:
Ach! gnädger Herr, das alles wär sehr schön!
Ich würd in Samt und Seide gehn—
Was gehn? Ich würde nicht mehr gehn;
Ich würde stolz mit Sechsen fahren.
Mir würden ganze Scharen
Von Dienern zu Gebote stehn.
Ach! wie gesagt, das alles wär sehr schön,
Wenn ich—wenn ich—"

"Ein Wenn? Ich will doch sehn",
(Hier sahe man den alten Herrn sich blähn,)
"Was für ein Wenn mir kann im Wege stehn!"

"Wenn ich nur nicht verschworen hätte—"
"Verschworen? was? Finette,
Verschworen nicht zu frein?—
O Grille", rief der Freiherr, "Grille!"
Und griff nach seiner Brille,
Und nahm das Mädchen durch die Brille

Nochmals in Augenschein,
Und rief beständig: "Grille! Grille!
Verschworen nicht zu frein!"

"Behüte!" sprach Finette,
"Verschworen nur mir keinen Mann zu frein,
Der so, wie Ihre Gnaden pflegt,
Die Augen in der Tasche trägt!"

Die eheliche Liebe

Klorinde starb; sechs Wochen drauf
Gab auch ihr Mann das Leben auf,
Und seine Seele nahm aus diesem Weltgetümmel
Den pfeilgeraden Weg zum Himmel.
"Herr Petrus", rief er, "aufgemacht!"
"Wer da?"—"Ein wackrer Christ."—
"Was für ein wackrer Christ?"—
"Der manche Nacht,
Seitdem die Schwindsucht ihn aufs Krankenbette brachte,
In Furcht, Gebet und Zittern wachte.
Macht bald!"—Das Tor wird aufgetan.
"Ha! ha! Klorindens Mann!
Mein Freund", spricht Petrus, "nur herein;
Noch wird bei Eurer Frau ein Plätzchen ledig sein."
"Was? meine Frau im Himmel? wie?
Klorinden habt Ihr eingenommen?
Lebt wohl! habt Dank für Eure Müh!
Ich will schon sonst wo unterkommen."

Die kranke Pulcheria
Freie Übersetzung einer Erzählung aus dem Fontaine

Pulcheria ward krank... "Vielleicht die Lust zu büßen,
Die..." Pfui, wer wird nun gleich so voller Argwohn sein?
Schweigt, Neider! hört mir zu! ich lenke wieder ein.
Pulcheria ward krank. Unruhig im Gewissen,
Ließ ihr der Schmerz manchmal, die Schwermut niemals
Ruh.
"Wie? Was? Pulcheria wär melancholisch worden?
Sprich, Lügner, lieber gar, sie trat in Nonnenorden."
Schon wieder stört ihr mich? Schweigt doch, und hört mir
zu!
Als sie einst ihre Not zu lauten Seufzern trieb,
Sprach Lady, ihre Magd: "Laßt doch den Priester holen;
Legt dem die Beichte ab, so seid Ihr GOtt empfohlen;
Und beichten müsset Ihr, ist Euch der Himmel lieb."
"Ja dieser Rat ist gut", spricht unsre kranke Schöne.
"Lauf, oder schicke gleich zum Pater Andres hin;
Andres—merks wohl—weil ich auch sonst sein Beichtkind
bin,
So oft ich mich mit dir, o lieber GOtt! versöhne."
Gleich läuft ein Diener hin, klopft an das Kloster an,
Und so, als wenn das Tor davon zerspringen solle.
"Nu, Nu! Gemach! Gemach!" Man fragt, zu wem er wolle?
"Je, macht nur erstlich auf." Das Tor wird aufgetan.
"Der Pater Andres wird zu meiner Frau begehret,
Die gerne beichten will, weil sie bald sterben kann."
"Wer?" fragt ein Bruder ihn; "Andres? der gute Mann!
Zehn Jahr ists schon, daß der im Himmel Beichte höret."

L.

Die Nuß und die Katze
Eine Fabel.

30

"Gewiß, Herr Wirt, dies Obst ist nicht für meinen Magen.
Denn wenn ich mir, es frei zu sagen,
Ja eine Baumfrucht loben muß,
So lob ich mir die welsche Nuß.
Die schmeckt doch noch!—Bei meiner Treu!
Der zartste Apfel kömmt der Nuß, der Nuß nicht bei."
Ein Kätzchen, das der Wirtin Liebe
Nie mit Gewalt zum Mausen triebe,
Und itzt in ihrem Schoße saß,
War schlau, vernahm und merkte das.
"Was?" dacht es, "eine Nuß soll so vortrefflich schmecken?
Halt! diese Wahrheit soll mein Maul gleich selbst entdecken."
Es sprang vom Schoße weg, und lief dem Garten zu.
Nu, Katze, nu, wie dumm bist du!
Der schönen Chloris Schoß um eine Nuß zu lassen?
Wärst du ein junger Herr, wie würde sie dich hassen!
Nein, Schönen, räumet mir nur diesen Ort erst ein;
So wahr er mich ergetzt, ich will kein Kätzchen sein.
Doch dieses sag ich nur so im Vorübergehen.
Horcht! ich erzähle fort. Beim Garten blieb ich stehen?
Nicht? Ja. Wohl gut. Hier fand der Katze Lüsternheit
Beim nächsten Nußbaum nun, worauf sie sich gefreut.
Wollt ihr etwan ein Bild zu meiner Fabel malen:
So malt die Nüsse ja noch in den grünen Schalen,
Die unsre Katze fand. Darauf kömmt alles an.
Denn als sie kaum darein den ersten Biß getan,
So schnaubt und sprudelt sie, als wenn sie Glas gefressen.
"Dich", spricht sie, "lobt der Mensch: so mag er dich auch essen.
Oh! pfui, was muß er nicht für eine Zunge haben!
An solcher Säure sich zu laben!"

*

O schweig nur dummes Tier!
Du schmähst zur Ungebühr,

31

Du hättest auf den Kern nur erstlich kommen sollen,
Denn den, die Schale nicht, hat Lydas loben wollen!

L.

Die Sonne

Der Stern, durch den es bei uns tagt —
"Ach! Dichter, lern, wie unsereiner sprechen!
Muß man, wenn du erzählst,
Und uns mit albern Fabeln quälst,
Sich denkend noch den Kopf zerbrechen?"
Nun gut! die Sonne ward gefragt:
Ob sie es nicht verdrösse,
Daß ihre unermeßne Größe
Die durch den Schein betrogne Welt
Im Durchschnitt größer kaum, als eine Spanne, hält?
"Mich", spricht sie, "sollte dieses kränken?
Wer ist die Welt? wer sind sie, die so denken?
Ein blind Gewürm! Genug, wenn jene Geister nur,
Die auf der Wahrheit dunkeln Spur,
Das Wesen von dem Scheine trennen,
Wenn diese mich nur besser kennen!"

*

Ihr Dichter, welche Feur und Geist
Des Pöbels blödem Blick entreißt,
Lernt, will euch mißgeschätzt des Lesers Kaltsinn kränken,
Zufrieden mit euch selbst, stolz wie die Sonne denken!

Die Teilung

An seiner Braut, Fräulein Christinchens, Seite
Saß Junker Bogislav Dietrich Karl Ferdinand
Von—sein Geschlecht bleibt ungenannt—
Und tat, wie alle seine Landesleute,
Die Pommern, ganz abscheulich witzig und galant.
Was schwatzte nicht für zuckersüße Schmeicheleien
Der Junker seinem Fräulein vor!
Was raunte nicht für kühne Schelmereien
Er ihr vertraut ins Ohr?
Mund, Aug und Nas und Brust und Hände,
Ein jedes Glied macht ihn entzückt,
Bis er, entzückt auch über Hüft und Lende,
Den plumpen Arm um Hüft und Lende drückt,
Das Fräulein war geschnürt (vielleicht zum ersten Male)
"Ha!" schrie der Junker; "wie geschlank!
Ha, welch ein Leib! verdammt, daß ich nicht male!
Als käm er von der Drechselbank!
So dünn!—Was braucht es viel zu sprechen?
Ich wette gleich—was wetten wir? wie viel?
Ich will ihn voneinander brechen!
Mit den zwei Fingern will ich ihn zerbrechen,
Wie einen Pfeifenstiel!"

"Wie?" rief das Fräulein; "wie? zerbrechen?
Zerbrechen" (rief sie nochmals) "mich?
Sie könnten sich an meinem Latze stechen.
Ich bitte, Sie verschonen sich."

"Beim Element! so will ichs wagen,"
Schrie Junker Bogislav, "wohlan!"
Und hatte schon die Hände kreuzweis angeschlagen,
Und packte schon heroisch an;
Als schnell ein: "Bruder! Bruder, halt!"
Vom Ofen her aus einem Winkel schallt.

In diesem Winkel saß, vergessen, nicht verloren,

Des Bräutgams jüngster Bruder, Fritz.
Fritz saß mit offnen Aug und Ohren,
Ein Kind voll Mutterwitz.

"Halt!" schrie er, "Bruder! Auf ein Wort!"
Und zog den Bruder mit sich fort.
"Zerbrichst du sie, die schöne Docke,
So nimm die Oberhälfte dir!
Die Hälfte mit dem Unterrocke,
Die, lieber Bruder, schenke mir!"

Faustin

Faustin, der ganze funfzehn Jahr
Entfernt von Haus und Hof und Weib und Kindern war,
Ward, von dem Wucher reich gemacht,
Auf seinem Schiffe heimgebracht.
"Gott", seufzt der redliche Faustin,
Als ihm die Vaterstadt in dunkler Fern erschien,
"Gott, strafe mich nicht meiner Sünden,
Und gib mir nicht verdienten Lohn!
Laß, weil du gnädig bist, mich Tochter, Weib und Sohn
Gesund und fröhlich wieder finden."
So seufzt Faustin, und Gott erhört den Sünder.
Er kam, und fand sein Haus in Überfluß und Ruh.
Er fand sein Weib und seine beiden Kinder,
Und—Segen Gottes!—zwei dazu.

Morydan

Das Schiff, wo Morydan mit Weib und Kindern war
Kam plötzlich in Gefahr.
"Ach Götter, lasset euch bewegen!
Befehlt", schrie Morydan, "daß See und Sturm sich legen.
Nur diesmal lasset mich der nassen Gruft entfliehn;
Nie, nie, gelob ich euch, mehr übers Meer zu ziehn!
Neptun, erhöre mich!
Sechs schwarze Rinder schenk ich dir
Zum Opfer dankbar froh dafür!"
"Sechs schwarze Rinder?" rief Mondar,
Sein Nachbar der zugegen war.
"Sechs schwarze Rinder? Bist du toll?
Mir ist es ja, mir ist es schon bekannt,
Daß solchen Reichtum dir das Glück nicht zugewandt,
Und glaubst doch, daß es Gott Neptun nicht wissen soll?"

*

Wie oft, o Sterblicher, wie ofte trauest du
Der Gottheit weniger als deinem Nachbar zu!

Nix Bodenstrom

Nix Bodenstrom, ein Schiffer, nahm —
War es in Hamburg oder Amsterdam,
Daran ist wenig oder nichts gelegen —
Ein junges Weib.
"Das ist auch sehr verwegen,
Freund!" sprach ein Kaufherr, den zum Hochzeitschmause
Der Schiffer bat. "Du bist so lang und oft von Hause;
Dein Weibchen bleibt indes allein:
Und dennoch — willst du mit Gewalt denn Hahnrei sein?
Indes, daß du zur See dein Leben wagst,
Indes, daß du in Surinam, am Amazonenflusse,

Dich bei den Hottentotten, Kannibalen plagst:
Indes wird sie—"

"Mit Eurem schönen Schlusse!"
Versetzte Nix. "Indes, indes! Ei nun!
Das nämliche kann Euer Weibchen tun—
Denn, Herr, was brauchts dazu für Zeit?
Indes Ihr auf der Börse seid."